DIBUJAMOS EL MUNDO
By Javier Perez Estrella

© 2015, Javier Pérez, por las ilustraciones
© 2015, de la presente edición en castellano para todo el mundo:
Penguin Random House Grupo Editorial, S.A.U.
Travessera de Gràcia, 47-49. 08021 Barcelona

가끔은,
상!상

익 숙 한   일 상 을   새 롭 게   그 리 는   마 법

하비에르 페레스 지음
김유경 옮김

어바웃북

새롭게 그리는 세상

어릴 적 저는 밤을 기다리는 아이였습니다. 어둠이 깊숙이 스며든 방에 누워 머리맡에 있는 작은 등을 켜면, 제 방으로 온갖 동물들이 찾아왔습니다. 번뜩이는 눈빛의 늑대가 먹잇감을 찾아 침대 주변을 어슬렁거리는가 하면, 사냥꾼에 쫓기던 작은 토끼가 침대 밑에 숨어 부들부들 떨기도 했습니다. 커다란 눈망울의 사슴은 쓰다듬어주려고 손이라도 내밀면 폴짝폴짝 뛰어 금세 어둠 속으로 몸을 감추었습니다. 어둠과 빛, 그리고 두 손만 있으면 작은 방에는 새로운 세상이 펼쳐졌습니다.

어둠에 가려진 세상은 낮에 보아온 익숙한 세상과 전혀 다른 모습입니다. 옷걸이에 걸어둔 외투는 깜깜한 밤이 되면 이불을 머리 끝까지 뒤집어쓰고 벌벌 떨게 하는 무서운 존재로 돌변하기도 합니다. 익숙한 것들을 낯설게 보이게 만드는 어둠의 힘을 빌리면, 절로 상상의 나래가 펼쳐집니다.

저는 일상생활에서 쉽게 볼 수 있지만 관심을 두지 않는 사물들을 재료 삼아 놀라운 실험을 즐깁니다. 익숙한 세상을 새롭게 그려내는 것이지요. 실험 방법은 간단합니다. 그저 멍하니 사물을 바라볼 뿐입니다. 그럼 가방 속은 악어가 사는 늪지가 되고, 책상은 달팽이와 무당벌레가 기어 다니는 초록빛 풀밭이 됩니다.

인스타그램에 올린 제 그림을 본 사람 중에 이렇게 묻는 사람들이 많습니다. "하비에르, 어떻게 하면 당신처럼 기발한 생각을 할 수 있는 거죠?" 상상을 잘하려면 무언가를 생각해내려 애쓰지 말고, 아무것도 생각하지 말아야 합니다. 세상을 가려 더 많은 것을 꿈꾸게 했던 어둠처럼, 당연하게 여겼던 것들을 하나씩 지워 아무것도 남지 않을 때 비로소 상상이 활짝 피어납니다.

간혹 상상에 등급을 매기는 경우가 있습니다. 어떤 상상은 허무맹랑한 '공상'이라며 쓸모없이 여기고, 어떤 상상은 '사색'이라며 높이 삽니다. 상상은 바람과 같습니다. 가둬두거나 어떤 형태를 만들 수 없습니다. 바람처럼 그냥 자유롭게 흐르게 둬야 합니다. 그런 상상에 등급이란 어울리지 않습니다.

평소 우리는 너무 많은 생각을 머릿속에 가둬두고 있습니다. 가끔은, 생각을 자유롭게 놓아두세요. 이곳저곳을 방황하다 돌아온 당신의 생각은 꽤 근사한 모습이 되어 있을 거예요.

_ 에콰도르 과야킬에서
하비에르 페레스

Contents

| Prologue | 새롭게 그리는 세상 __ 4

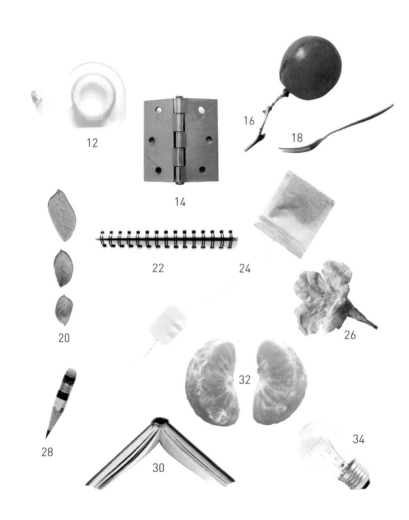

12

14

16

18

20

22

24

26

28

30

32

34

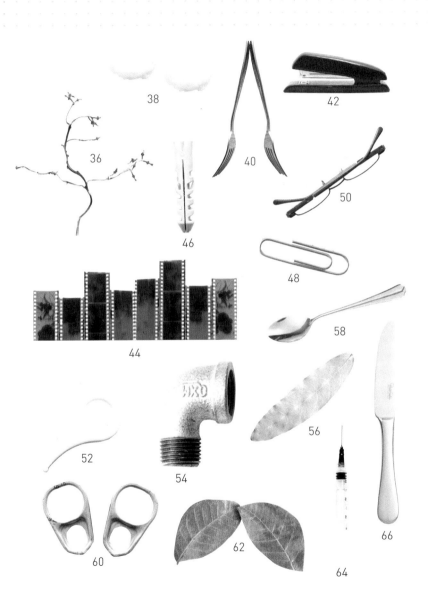

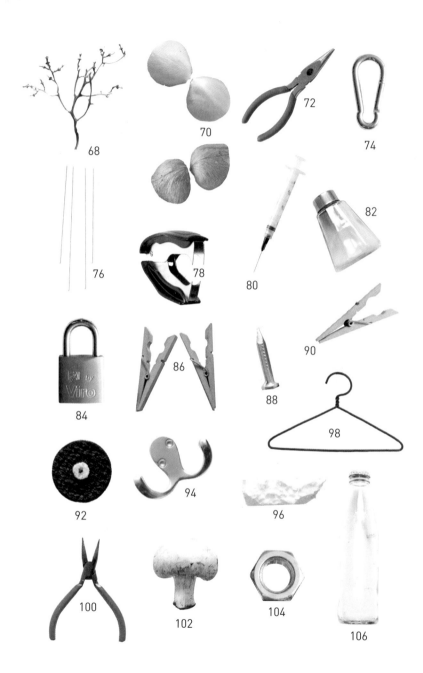

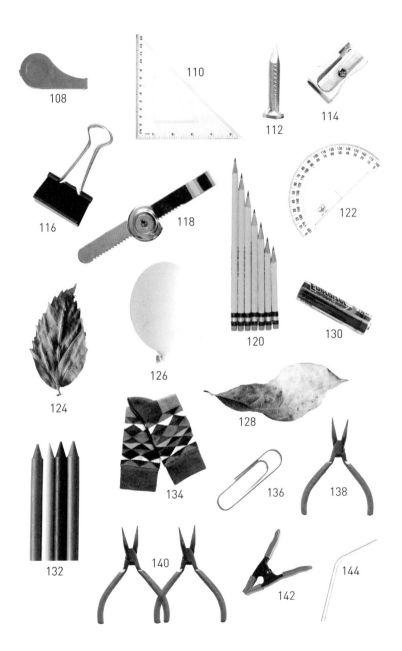

108

110

112

114

116

118

120

122

124

126

128

130

132

134

136

138

140

142

144

그저께는 벽보를 세 장 붙였고,

어제는 두 장,

오늘은 아마 네 장을 붙일 거야.

나는 절대 서두르지 않아.

내 속도에 맞춰서 그리고 내가 원하는 곳에만 붙이지.

'느리지만 확실하게'

이것은 내 철학이야.

꼼꼼하게 장소를 선택하고 공간을 재고,

딱 맞는 길이로 스카치테이프를 잘라서 완벽하게 붙이지.

침착하게 고르고 정확하게 그 일을 해내는 거야.

그런데 어제는 어떤 의뢰인이 불평을 쏟아내더군.

자신의 벽보가 선거가 끝난 후에 붙었다나 뭐라나.

일하는데 철학이라곤 없는,

그런 성질 급한 정치인하곤 다음부터 일하지 말아야겠어.

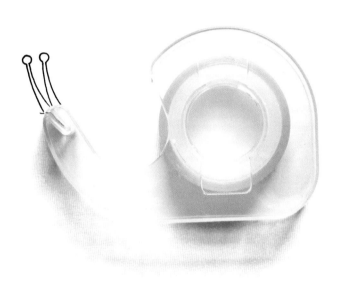

전쟁과 학살, 테러.

파업과 대량 실업.

시선이 머무는 곳마다 자리한

어두운 기사들.

신문이 무거운 날이 있다.

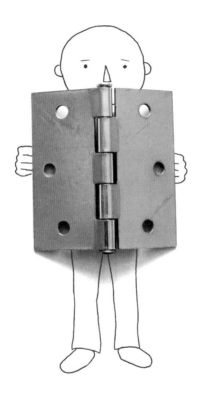

하늘이
시리도록 파랗던
어느 날,
풍선 하나를
잃어버렸다.

시간이 흐르고 흘러
잃어버린 풍선을
발견했다.

내가 잃어버린 풍선은
아름다운 포도밭이
되어 있었다.

가끔 식후에 식탁에서 보내는

지루한 시간이

오히려

아주 창의적인 순간이

될 때도 있어요.

르네*, 그렇죠?

Ceci n'est pas une pipe.*

이것은 파이프가 아니다.

* 르네 마그리트(Rene Magritte) : 벨기에 출신의 초현실주의 화가로, 고정관념을 깨는 창의적이고 독특한 작품세계를 선보였다.
* 르네 마그리트의 작품 〈이미지의 배반〉에는 파이프 그림 아래 '이것은 파이프가 아니다'라고 적혀있다.

Ceci n'est pas une pipe

만일 아마존 열대우림에서
잘려나간 나무마다 눈물을 쏟아낸다면,
하루에 1만 2000개의 눈물방울이 떨어질 것이다.
일 년이면 438만 개,
그리고 평생 3억 6000만 개의 눈물방울을 흘리게 될 것이다.

크리넥스 한 상자를 만들기 위해서는
2.5킬로그램의 나무가 필요하다.
즉, 중간 크기 가지 하나가 크리넥스 상자에 들어 있다.

눈 물 을
눈 물 로
닦는
아이러니.

우리 사이에 악어가 있다.

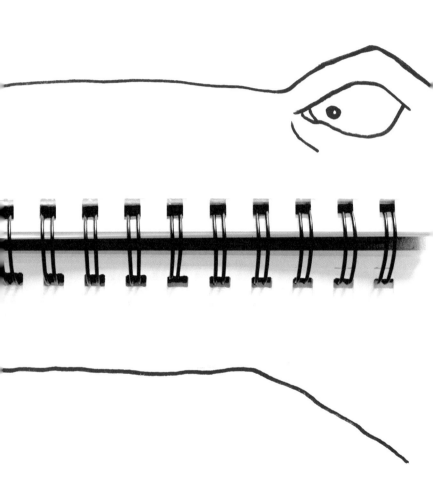

우려낸 연에서 나는 향기 묻은 바람들.

북풍은 베르가못향.

남풍은 재스민향.

레몬향이 하늘을 난다.

오늘 바람은 감촉이 이국적이다.

이국의 과일을 품은 얼그레이 연이 날고 있구나.

찻잔 가득 따스한 물을 붓고 잠시 고민한다.

노을빛 루이보스냐 초록빛 민트냐,

선택이 문제로다!

찻잔 위에는
날마다 다른 하늘이 뜬다.

분명,

비발디*야!

* 안토니오 비발디(Antonio Vivaldi) : 이탈리아의 작곡가 겸 바이올린 연주자다. 봄, 여름, 가을, 겨울의 변화
를 묘사한 바이올린 협주곡 〈사계(四季)〉를 작곡했다.

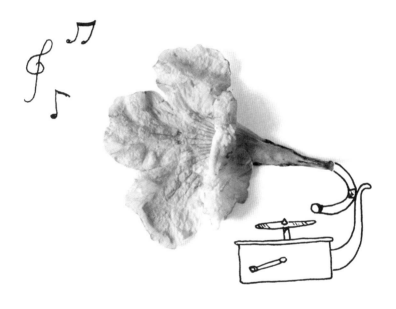

상어에게 오른쪽 무릎 아랫부분을 뺏기고 난 후,

해적질하던 그의 생활은 백팔십도 바뀌었다.

다른 사람보다 굼뜨게 움직이는 몸을 이끌고

보물과 전리품을 실은 배를 괴롭히던 생활을 계속할 수 없었다.

이제 그는 한 푼도 허투루 쓸 수 없는 형편이 되었다.

결국, 살기 위해 그가 찾은 방법은 재활용이다.

냄새 나는 봇짐에서 다리를 대신할 쓸만한 것을 찾았다.

그리곤 항구의 한 선술집에 앉아

해적질할 때 신물 나게 본 바다를 그리고 또 그렸다.

세월이 흐른 어느 날,

그는 바다 풍경을
가장 사실적으로 그리는
유명한 화가가 되어 있었다.

나는 책을 아주 신중하게 고르는 편이다.

될 수 있으면 350쪽 이상 되는 책을 고르려고 한다.

밤마다 자기 전에 한 페이지씩 보면

꼬박 일 년이 걸린다.

여름이 지나고 나무가 첫 잎을 떨굴 때쯤이면

마지막 장에 도달하곤 한다.

새해를 준비할 때가 되었다는 신호다.

그럼 난 그 아래서
일 년을 보낼 수 있는
새로운 지붕을 찾을 때까지
날마다 숲 속 도서관으로
산책을 나선다.

거리를 메우던

차들을 다 치우고

보도에 오렌지 나무를

한 줄로 쭉 심었다.

그러자 그때부터

겨울마다 오렌지 꽃향기가

도시를 가득 메우기 시작했다.

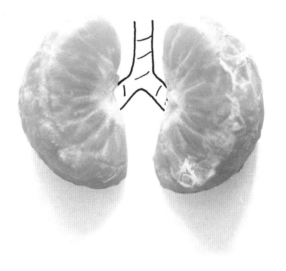

반딧불이를 본 적 있니?

그들은 평생 까만 밤하늘을 날며
자유롭게 살아가.

작지만, 행복을 주는 불빛 덕분에
모두가 반딧불이를 좋아하지.

좋아, 나도 그들처럼 되기로 결심했어.

밝게 빛나는,
그리고 가장 아름다운 존재가 되는 거야!

내가 꽁무니에 작은 전구를 달면,
모두가 내 눈부신 야간 비행을 보고
눈을 떼지 못할 거야.

나무 한 그루가 있었습니다.
나무에게는 사랑하는 소년이 있었습니다.
소년은 나뭇가지에 매달려 그네도 뛰고
배가 고파지면 사과를 따 먹곤 했습니다.
때로는 나무 뒤에 숨어 숨바꼭질도 했습니다.
그러다가 피곤해지면
나무에 기대서 단잠을 자기도 했지요.
소년은 나무를 무척 사랑했고
나무는 행복했습니다.

소년은 오늘도 어김없이 나무를 찾아왔습니다.

"시간이 흘러 네가 날 떠나려고 해도,
 널 붙잡자고 내 전부를 내주지는 않을 거야."

나무는 밑동만 덩그러니 남아 있는
아버지 사과나무를 보며 중얼거렸습니다.

나는 원래 착하고 순진하고 순종적인 양이었다.
화장을 지우는 작은 솜을 만드는데
내 이 깨끗한 양털을
사용하는 것을 알기 전까지는…….

어느 날 난 마음속으로 굳게 결심했다.

물론 그들에게는 아무 말도 하지 않았다.

다시는 그들이 나를 가지고 솜 테스트를 하지 못하도록,

나는 내 피부를 검은색으로 칠했다.

그리고 마침내

나는 미용 시장의 속박에서
벗어나게 되었다.

구스타브 에펠*이

어느 저녁

막심*에서 수프 아로이뇽*과

필레미뇽*을 앞에 두고

영감을 떠올렸다는 증거가

몇 가지 있긴 하다.

* 구스타브 에펠(Gustave Eiffel) : 에펠탑의 설계자.
* 막심(Maxime's) : 1893년 문을 연 프랑스 전통 비스트로.
* 수프 아로이뇽(soupe à l'oignon) : 프랑스 남부 지방을 대표하는 양파 수프.
* 필레미뇽(filet mignon) : 안심이나 등심 부위를 나타내는 프랑스 조리 용어.

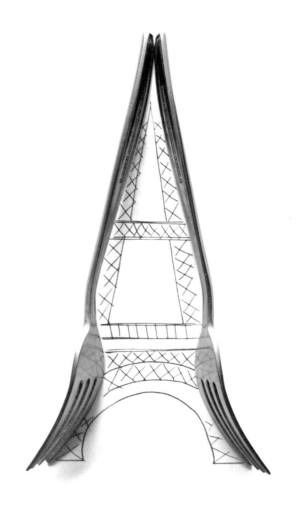

갑자기 무섭게 생기고 허기진 에일리언이
입을 떡 벌리고 나타났다.
공포에 질려 뛰어가던 지우개가
공책 아래로 몸을 재빨리 숨긴다.
한 쪽 모퉁이에서는 볼펜 세 자루가
그 장면을 훔쳐보며 벌벌 떨고 있다.
노트북은 혹시라도 들킬까 봐
자판 하나도 움직이지 않고 쥐죽은 듯 있다.
A4 용지들은 이미 예전에 줄행랑을 치고 없다.

오늘은
호치키스와 우연히
만나기엔 별로 좋은 날이 아니다.

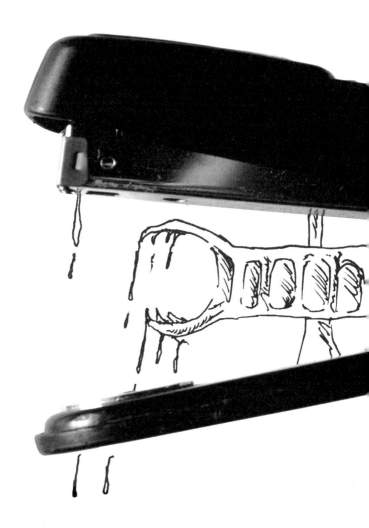

그 여름, 사람들은 도시 옥상에 별이 쏟아지는 극장을 만들었다.

고대하던 영화 관람이 실패로 돌아가기 일보 직전이다.

건물들끼리 너무 붙어 있어서,

영화 〈카사블랑카〉에서 나오는 소리가

〈터미네이터〉에서 나오는 소리와 섞여버렸고,

지금은 〈애니 홀〉을 보는 중인데

계속 다른 소리와 섞인다.

그들은 드디어 좋은 해결책을 찾았다.
내내 무성영화만 트는 것이다.
정말 평생 잊지 못할 여름밤이었다.

벽에 그림을 거는 기술이 매우 탁월한 사람들이 있다.
하지만 어떤 이들은 드릴로 구멍 하나도 제대로 뚫지 못한다.

그런 사람들은 자질구레하게 집에서 뭔가 고치는 일을 하게 되면,
벌써 사흘 전부터 과도하게 신경을 쓰고
막상 그 순간이 되면
마치 수에즈 운하라도 건설하듯 엄청나게 준비한다.

하지만 결과는 참혹하다.
벽은 폐허가 된 로마의 콜로세움에 가깝다.

다섯 번씩이나 못질해서 벽에 간 금은
가로세로 2미터짜리 그림으로도 가려지지 않을 정도다.

그들은 우리 시대의 아틸라*들이다.

---

* 아틸라(Attila) : 유럽인들이 역사상 가장 악명 높은 '테러리스트'로 꼽는 훈족(중앙아시아를 기반으로 하는
  기마민족)의 왕이다. 아틸라는 4세기경 훈족을 이끌고 동유럽을 침략해 순식간에 유럽의 고대 문명을 파괴했다.

디지*가 문을 벌컥 열자

종이가 바람을 타고 여기저기에 흩날렸다.

"오늘 밤에 연주할 악보들인데!"

마일스*가 소리쳤다.

"클럽으로 악보를 집어두라고 했잖아!"

루이*가 투덜거렸다.

"인제 어쩌지?"

쳇*이 슬퍼했다.

"걱정 하지 마, 나한테 다 생각이 있어."

듀크*가 끼어들었다.

이렇게 해서 즉흥 연주가 생겨났다.

* 디지 길레스피(Dizzy Gillespie) : 미국의 재즈 트럼펫 연주자 겸 지휘자.
* 마일스 데이비스(Miles Davis) : 미국의 재즈 트럼펫 연주자 겸 작곡가.
* 루이 암스트롱(Louis Daniel Armstrong) : 미국의 재즈 트럼펫 연주자이자 가수.
　　　　　　　　　　　　　　　　뉴올리언스 스타일의 재즈를 미 전역에 전파한 재즈의 선구자.
* 쳇 베이커(Chet Baker) : 미국의 재즈 음악가이자 트럼펫 연주자.
* 듀크 엘링턴(Duke Ellington) : 미국의 재즈 피아노 연주자 겸 작곡가이면서 밴드의 리더.

지금 이 해변에서 선풍적 인기를 끄는
'옆으로 걷기'를 맨 처음 시작한 게가 저예요.
하지만 솔직히 고백하자면,
제 의지가 아니라 어쩔 수 없는 상황 때문에
고안한 보행법이었어요.
어느 날 갑자기 제 눈이 근시가 되었어요.
시간이 흐를수록 시력은 더 나빠졌어요.
결국은 제 집게에도 걸려 넘어지는 상황이 되었지요.
그래서 어쩔 수 없이 옆으로 걷기로 했어요.
그런데 다른 이들이 저의 새로운 걸음걸이를
아주 좋아하면서 흉내까지 내더라고요.
제가 유행을 만들어낸 셈이죠!
하지만 옆으로 걷는 게 싫증이 나서
결국 안경을 쓰고 말았어요.
바닷게에게는 좀 이상할 수 있지만,
덕분에 다시
정상적으로 걸을 수 있게 되었어요.
비록 해변에선
다시 이상한 바닷게가 되었지만요.

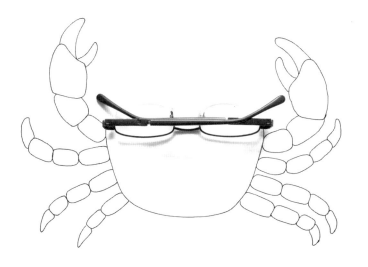

그가 살면서 가장 좋아하는 것은 축구와 개미들이다. 그는 일요일 오후만 되면 경기장으로 나가서, 쨍쨍한 햇살을 받으며 경기를 본다. 그는 고래고래 소리치며 열정적으로 경기를 보는 광팬 중 하나다. 그렇게 지칠 줄 모르는 열정을 품고 자기 팀의 움직임을 쫓는다.

정말 이번 주 최고의 순간이었다. 만일 양손에 바삭한 개미튀김까지 들려 있다면 더할 나위 없었을 것이다. 그는 환희를 맛보며 개미들을 빨아들인 후 그것을 핥고, 또 천천히 맛을 음미하고, 또 개미들을 빨아들이고⋯⋯. 장내에 다음과 같은 소리가 울려 퍼졌다.

"골, 골입니다!!!"

잠수함을 만들어줄 수 없겠느냐고?
못할 것도 없지.

- 프로펠러 : 매일 아침 늪에서 퍼온 것 같은 초록 주스를 토해내는
  어머니의 믹서기에서 슬쩍하면 돼.

- 방향타 : 형의 기타 피크를 사용하는 건 어떨까?

- 표면 : 이번 주 야구 중계가 끝나면 맥주캔 구하는 건 식은 죽 먹기야.

- 천장에 난 작은 문 : 여동생이 보물 상자에 넣고 애지중지하는
  단추 몇 개면 될 거야.

- 연료 : 아침마다 고래고래 소리 지르는 자명종에서 꺼내자.

- 잠망경 : 맞다, 이것도 있다! 어제 집에 온 배관공 아저씨가 흘리고
  갔다고 어머니가 투덜대는 걸 들었어.

그녀는 태어날 때부터 늘 남자 친구에게 다정하게 대하고
감싸 안아 줄 준비가 되어 있었다.
그녀의 유전자가 그랬다.
상대가 말하지 않아도 먼저 간식을 챙겨주는 등
배려가 몸에 배어 있었다.
하지만 그러다가 조금 지나면 그녀는 그를 순식간에 먹어치운다.

이건 그녀에게 주어진 삶이고,
        싫다고 피할 수 있는 것도 아니다.

어느 날 어머니가 그녀에게 충고했다.
"모두가 생각하는 것처럼 힘센 수컷들이 다 맛있는 건 아니란다."
어머니는 수컷을 맛있게 먹는 그녀만의 레시피를 알려 주었다.
끓는 물에 수컷을 넣고
작은 월계수 잎을 하나 띄워 요리하는 방법이다.
그녀는 어머니의 말대로 수컷들을 요리했다.
맛은 두말할 나위 없이 좋았다.

* 사마귀는 보통 암컷이 수컷보다 크고, 교미가 끝난 후에는 암컷이 수컷을 잡아먹는다.

예전에는 달빛 아래
울려 퍼지는 만돌린 소리에
마음을 빼앗겼다.

낭랑한 만돌린 소리에 취하면
세상의 시름이 잊혔다.

하지만 지금은 집에서 만든
맛있는 티라미수 한 조각으로
마음을 다독인다.

스푼을 들어
차가운 어둠 한 덩어리를
입안으로 밀어 넣으면
마음속에 들끓던 소란함이
사르르 녹아 사라진다.

탄산음료에는 날개가 달려있다.
단, 음료수 캔이 두 개 있을 때만 날 수 있다!

정원사가 바라던

진짜 수염은 나지 않았지만,

마침내 그 꿈을 이룰 수 있게 되었다.

하이드 파크에서 가장 멋진
힙스터*가 되는 꿈!

* 힙스터(hipster) : 기존 문화와 유행을 따르지 않는 독특한 문화적 코드를 공유하는 젊은이들을 지칭하는
말이다. 힙스터들은 노력하지 않은 자연스러운 멋을 추구한다. 즉, 다듬지 않은 머리카락, 깎지 않은 수염,
빛바랜 체크무늬 셔츠 등 소탈한 맵시를 중시한다.

우리는 병원의 지루한 심야 당직 시간을
조금이라도 즐겁게 보내기 위해 재봉틀을 들고 왔다.
처음에는 그저 즐거운 취미였다.
뾰족한 바늘이 천 사이를 들어갔다 나왔다 하며
가지런한 길을 만드는 것을 보고 있으면
밤샘 근무의 피로도 잊혔다.
하지만 세월이 지나면서
재봉질이 주는 또 다른 유익함을 발견했다.
못 쓰는 옷으로 '봉급 삭감 반대 시위' 현수막을 만드는 것이다.

이 병원 안에서
우리는 늘 테두리와 밑단을 들고
툴툴거리는 사람들이다.

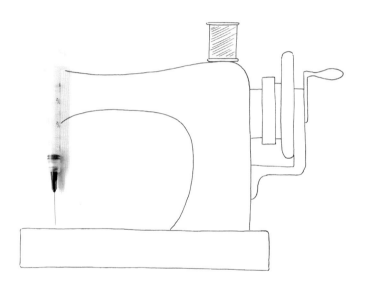

식사를 마치고 모두가 담소를 나누는 동안,
지루해하던 스필버그 감독의 아들은
냅킨 한 장과 고기를 자르던 칼,
그리고 연필을 집어 들고는
재빨리 공포가 맴도는 해안가를 만들기 시작했다.

그의 아버지는 식탁을 정리할 때까지도
아들이 하는 일에 별로 관심을 보이지 않았다.

하지만
일 년 반 후,
〈죠스〉가 미국 모든 극장에 개봉되었다.

혹시 포도 수확을 해본 적 있나요?

그건 정말 잊을 수 없는 경험이에요.

달콤한 향기가 일렁이는 포도밭을 거닐며

터질 듯 영근 포도송이를 향해 손을 쭉 뻗어보세요.

묵직한 생명의 무게에 가슴이 두근두근할 거예요.

이마에 땀방울이 송골송골 맺히면

잠시 그 자리에 쪼그려 앉아 고개를 들어보세요.

넝쿨 사이로 쏟아져 내린 햇빛이 포도송이에 부딪혀

포도알이 보석처럼 빛날 거예요.

포도를 수확하다 보면

시간과 온몸이 살아있다는 걸 느끼게 될 거예요.

포도 수확이 끝나면 힘은 쭉 빠지겠지만,

모든 것을 다 쏟아부었다는 느낌과 동시에
행복과 아주 비슷한 뭔가를 얻게 될 겁니다.

두 친구는 숲 속에서 맨 처음 문을 연
새로운 쇼핑센터에 가보기로 했다.
그들은 할인매장과 백화점
그리고 작은 상점들까지 연이어 둘러보다가,
마침내 왼쪽에서 세 번째 나무에서
최고의 프레타 포르테*를 발견했다.

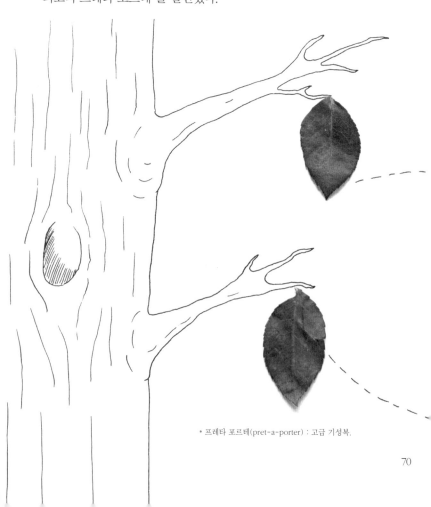

* 프레타 포르테(pret-a-porter) : 고급 기성복.

눈 깜짝할 사이에 엄청난 의상들이 나왔어.

분명 온몸에 선풍적인 인기를 끌 거야!

비상!

달에 비상이 걸렸다!

달이 망가졌다!

그 소식을 들은 우주 전기기술자 팀은

재빨리 우주선에 올랐다.

곧바로 엔진에 불을 붙이고 이륙해서 달을 향해 날아갔다.

그들은 퓨즈가 잔뜩 들은 상자를 열고,

다시 불이 들어올 때까지 달을 손보았다.

다행히도

새로운 달*에 생긴 문제라서

이 일을 눈치챈 사람은

거의 없었다…….

* 새로운 달(new moon) : 우리 말로 삭(朔), 신월(新月)을 뜻하는 영어 표현이다. 삭은 달이 태양과 지구 사이
  에 들어가 일직선을 이루는 때를 가리킨다. 강한 태양광의 영향으로 지구에서는 달이 완전히 보이지 않는다.
  음력 초하루가 삭에 해당한다.

그는 몸이 너무 말라서 틈 사이를
쉽게 비집고 들어갈 수 있었다.

그는 좁고 어두운 구멍 비슷한 곳을 빠져나왔다.

위를 쳐다본 순간,
대박!

얼굴 위로 별빛이 빗발처럼 세차게 쏟아졌다.

그곳에 그의 집이 있을 것이다.

순간 그는 조금의 망설임도 없이
그곳으로 오르기 시작했다.

원래 그는 아주 훌륭한 등산가였고,
합금 두개골은 카라비너* 형태라 연결 부분이 아주 튼튼했다.

곧 그는 별 표면에 다다랐다.

그는 깊게 심호흡을 하더니 밤의 어둠 속으로 사라졌다.

* 카라비너(carabiner) : 암벽을 오를 때 사용하는 타원 또는 D자형의 강철 고리.

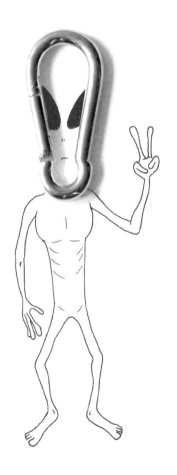

요리는 우리가 달리고 춤추며
점프할 수 있는 하나의 무대다.

우리는 케첩으로 표현주의 양식의
그림을 그릴 수도 있다.

가늘게 채 친 치즈는
축제에 빠져서는 안 되는 색종이 조각이 된다.

스파게티 면으로는
꼭두각시 인형 놀이도 할 수 있다.

와우,
우리가 파스타를 먹을 때
신나는 일이
한두 가지 펼쳐지는 게 아니다!

치명적인 독을 품은 코브라가
클레오파트라와 안토니우스가 기다리는 침대 시트 사이로
슬그머니 미끄러져 들어갔다.
옥타비아누스의 군사들에게 감금당하며 감시받던 연인은
갇힌 방에서 함께 포옹을 한 채 자살을 결심했다.
코브라는 먼저 이집트 여왕을 물었다.
독이 천천히 그녀의 혈관을 타고 흐르는 동안,
안토니우스는 검을 꺼내 들었는데…….

"이봐, 이제 로마 영화 놀이는 그만하고
 호치키스 핀 제거하는 것 좀 돌려줘,
 이 많은 종이를 재활용하려면
 핀을 다 뽑아야 한단 말이야!"

* 로마의 카이사르 사망 이후 옥타비아누스와 더불어 실권을 쥐고 있던 안토니우스는 이집트 왕비 클레오파트
 라와 연인 관계였다. 클레오파트라의 죽음에 대해서는 의견이 분분하지만, 침대에서 독사에게 물려 죽었다고
 알려져 있다.

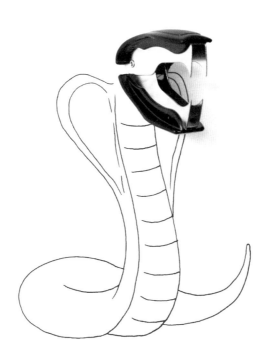

주변을

정신 사납게

빙빙 맴돌던 녀석을

손으로 내려치고

불을 켜 확인한 순간,

말라리아에 걸린 사람들을 위한

의료지원 NGO(비정부기구)를 나타내는
로고가 완성되었다!

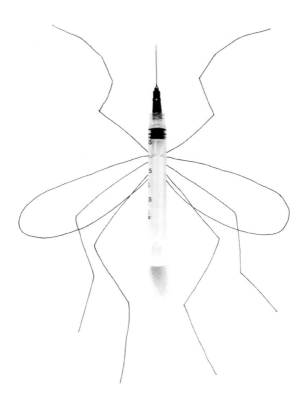

우주 비행사에 선발된 사람들은
대부분 몸이 튼튼하고
지구력, 감정조절력, 기억력이 뛰어나다.
일부는 쾌활하고 차분하며,
상냥한 성격 때문에 뽑히기도 한다.

아무튼, 우주에 있다 보면
다른 행성에 사는 수상한 놈들과 마주칠 수도 있다.

이럴 땐 다른 능력이고 뭐고
그들에게 우선 잘 보이는 게 최고다!

오늘은 경비대 교대가 없다.

버킹엄 수위가 궁의 열쇠를 잃어버렸기 때문이다.

이 때문에 방문했던 관광객들은 실망하고,

찰스 영국 왕세자와 카밀라 콘월 공작부인도

그곳에 들어갈 수 없는 상황이다.

다우닝 스트리트*에서조차 뭘 어떻게 해야 할지 모르고 있다.

그리고

그 시간,

화장실에서 갇힌
영국 여왕은
누군가가
와주길 바라고 있다.

* 다우닝 스트리트(Downing Street) : 영국 총리 관저가 있는 곳으로 영국 총리와 정부를 가리킨다.

해변에 파라솔 꽃이 만개할 때쯤이면

그곳의 모든 식구가 분주해진다.

심지어 바닷게도

산들바람이 수건을

집어가지 못하게 감시하는

아르바이트를 한다.

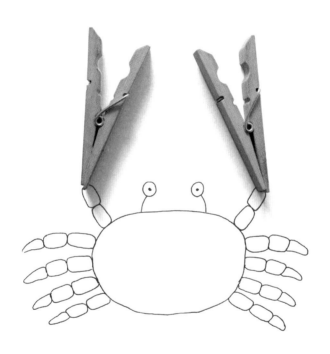

처음 문신이 유행할 때,

젊은 선인장들은 몸에

민화나 꽃에서 영감을 얻은 무늬들,

방패 모양의 문장(紋章) 따위를 새겼다.

간혹 '우리 사랑 영원히' 등의 글씨를 새긴 선인장도 있었다.

무엇이든 몸에 새기기 바쁜 젊은 선인장들을 보고

어른 선인장들은 혀를 내둘렀다.

"요즘 애들은 겁이 없어!"

시간이 지나 새로운 유행이 시작되었다.

세련된 선인장이라면

머리를 박박 밀고

줄기와 가지에 뾰족한 쇠로 잔뜩 피어싱을 해야 했다.

따라 하기엔 너무나 고통스러웠지만,

이번에도 젊은 선인장들은 유행을 따랐다.

한때는 젊은 선인장이었지만

이제는 어른이 된 선인장들이 놀라서 소리쳤다.

"요즘 애들은 겁이 없어!"

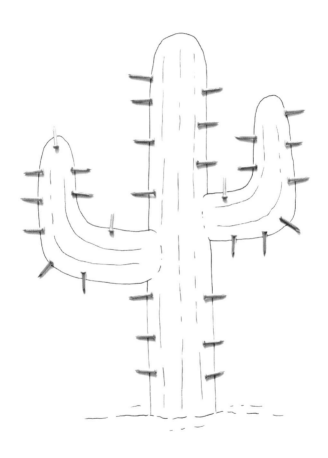

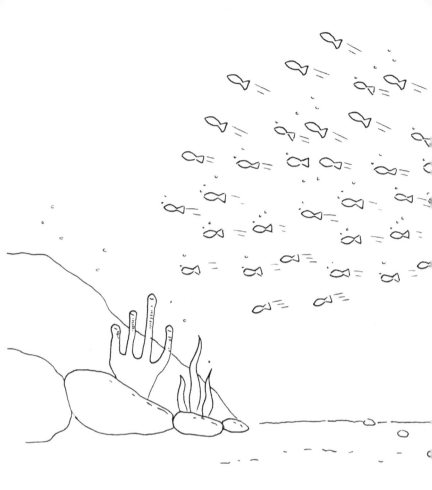

빨랫줄에 옷을 너는 일이 너무 귀찮다고?

나는 모든 집안일을 할 때 필살기로 '놀이'란 걸 사용해.

빨래 바구니를 가득 채운 빨랫감을 다 널어야 한다고 상상해봐.

그 속에는 쌍둥이 아이들이 벗어 둔 양말이 열일곱 켤레나 들어있어.

양말을 널기도 전에 한숨부터 나오겠지.

손에 들고 있는 빨래집게가 작은 물고기들을 괴롭히는
바다 괴물의 무시무시한 얼굴이라고 상상해봐.
맞아, 짐작대로 그 작은 물고기들은 양말이 되는 거지.
웃긴다고? 매일 아침 가족들이 다 빠져나간 집에서
내가 괴물로 변하는 것을 막는 유일한 방법인걸.

음악과
오레오 쿠키.

완벽한 홈 파티에 이것 말고
필요한 게 또 있을까?

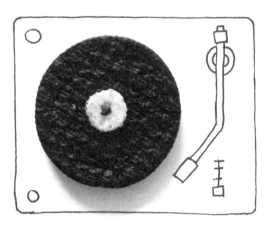

팝은 산호 대극장의 첫 공연이 열리는
저녁 시간을 좋아한다.

그는 의상실 의자에 앉아
레드 카펫이 보이는 최고의 전망을 즐긴다.

유명 배우들은 흐느적흐느적
지느러미를 살며시 흔들며 다가온다.

그 모습에 취한 팝은
담비 가죽들과 모피, 실크로 만든
숄들을 떠받치고 있다.

꿈에서 그는 배우들의 아름다운 비늘을
쓰다듬는 상상을 한다.

그렇게 해도
그는 여전히 손이 남는다.

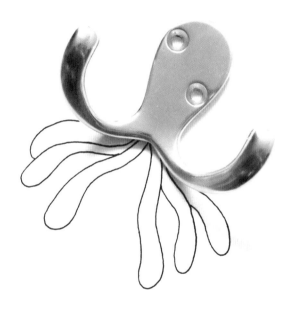

"내가 정말
널 보러 가고 싶은 건지 잘 모르겠어."

"그래?"

"밖이 너무 추워. 솔직히 난 유빙 위에서 팔을 계속 젓고 싶지 않아."

"그럼, 내가 갈까?"

"추운데 괜찮겠어?"

"추위도 더위도 상관없어.
　널 위해서라면 난 카리브 해에서도 살 수 있어."
"말도 안 되는 소리 좀 하지 마! 상상해봐.
　저 아래로 내려가면 온종일 땀 흘리며 사우나를 해야 한다고."
"야, 너도 참……."

"와, 그 청년 옷걸이가 참 좋네."

"이 아저씨 완전히 취해서 늘어져 있군."

"후크 선장이 악어를 피해 옷장으로 숨어들었어요."

그림 한 장에

얼마나 수많은 삶의 이야기가 가능한지

상상해봐!

야간 시간대 정전,
이른 시간대 누전,
어둠 속에서 수리,
그리고 한밤중 전기 비상사태들.
전기 전문 뱀파이어는
신속하고 효율적이며 전문적으로
이 모든 일을 해결할 수 있다.
날아다니는 해결사들.

단,

전기 기술자들의 조합에서
만들어 나눠주는
마늘 목걸이만 받지 않으면
그들의 도움을 받을 수 있다.

이것은
절대로
알려져서는
안 되는
일급비밀이다.

뉴멕시코 사막에 있는 앨러머고도* 기지의 식당 메뉴에
1945년 환각을 일으키는 버섯이 들어갔다는 소문들이 돌고 있다.

그 당시 첫 번째 핵 원폭 실험에 참여했던 과학자들이
그 버섯 맛에 중독되었는데,
이 독이 파괴적인 감정들을 자극해서
정신착란을 일으켰다는 주장이다.

그리고
몇 주 지나지 않아서
두 명의 일본인들도
이 치명적인 독이 들어있는 버섯을 맛보았다.

* 앨러머고도(Alamogordo) : 미국 뉴멕시코 주 남부 도시로, 근처 사막에서 1945년 7월 16일 세계 최초의
  원자폭탄 실험이 있었다.
* 1945년 8월 6일 일본 히로시마에, 그리고 이틀 뒤 나가사키에 원자폭탄이 투하되었다.

꿀벌 세상에도 '전문성의 시대'가 열리고 있다.

옛날부터 여왕벌과 일벌, 수벌이
쭉 나누어 해오던 일 말고,
특별한 꿀 생산에 주력하는 벌들이 나타났다.

이들의 벌집을 자세히 들여다보니
주로 철분 강화 꿀이 생산되고 있었다.
이 꿀은 빈혈에 특효다.

하지만 이런 시대에도 변하지 않는 사실이 있다.

어려운 일은
여전히 일벌들의 몫이라는 것!

이봐,

병을 세게 흔들다가

갑자기 뚜껑을 연 건 장난이었어!

그냥 가벼운 장난이었다고!

젖은 네 옷도 분명 이미 다 말랐을 거야!

게다가 탄산수는 얼룩도 안 생기잖아!

정말 그냥 장난이었어!

그거 했다고 이러는 건

나 같은 불쌍한 악마에게는

너무 가혹한 처사잖아.

제발

누가 날 좀 여기에서 꺼내줘!

"그 달팽이는 제 구역에서
일곱 번이나 속도위반을 했습니다!"

"그렇죠, 하지만 제 구역 기준으로는
문제 될 게 전혀 없고,
규칙을 위반한 적이 없습니다."

"전 그자에게 벌금을 물려야만 합니다!"

"그건 불가능합니다.
이 목초지는 당신 권한 밖입니다."

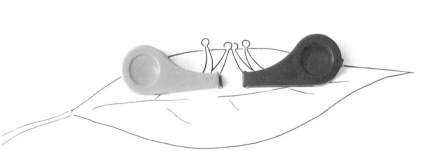

그 어느 도시에도 이런 미끄럼틀은 없을 것이다.
우선 일정한 간격으로 나뉜 튼튼한 사다리,
가파르지도 그렇다고 완만하지도 않게 기울어진 완벽한 각도,
무엇보다도 매끄럽고 표면이 항상 깨끗한 미끄럼판까지.

한 마디로 완벽한 미끄럼틀이다!

놀이터 설계가 끝나는 대로 시장님께 미끄럼틀 도면을 보내야겠다.
쉿!
이 미끄럼틀을 책상에서 발견했다는 건 시장님께는 비밀이다.

이제 고슴도치 세상에도
튜닝이
유행처럼 번지고 있다!

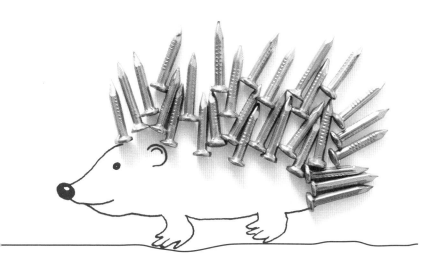

연필을 뾰족하게 깎고
어디로 갈지 생각한다.
화성, 달, 해왕성, 명왕성.
심이 더 굵거나 얇은 건
별로 중요하지 않다.

연필이랑
상상력이면 충분하다.

또각또각.

그녀의 구두 소리가 밀라노 거리를 채우고 있다.
그녀는 여성복 프리랜서 디자이너다.
작업실로 돌아가는 그녀의 걸음은 자신감에 차있다.
그녀는 지금 너무나 만족스럽다.
자신이 만든 옷들이 다가올 시즌에
엄청난 반응을 보일 거라고 확신하고 있기 때문이다.
고객이 모든 디자인이 맘에 든다며
스케치를 더블클립으로 집을 틈도 주지 않고
다 가지고 갔기 때문이다.

분명 행운의 징조다!

"우리는 정원담당 부서에 탄원서를 보냈습니다."

"저는 도시 계획 부서로 보냈어요."

"저는 지역 본부에도 보냈습니다."

"저는 민원 조사관에게도 보냈어요."

"저는 헌법재판소에도 보냈습니다!"

"전 동방박사들에게도 부탁했어요!"

"근데,
구멍에 클립을 넣고 돌리니까
바로 해결되던데요.
'딸각' 소리 하나에
공원이 다시 열렸어요!"

• 동방박사 : 스페인은 1월 6일을 '동방박사의 날'로 기념한다. 이날 아이들은 동방박사에게 소원을 말하고 선물을 받는다.

컴퓨터로 그림을 그리다 보면
그의 머릿속에는 수많은 것들이 떠오른다.

이렇게 떠오른 많은 이미지들 때문에 기쁘긴 하지만,
동시에 걱정도 된다.

그는 아끼던 연필들이 상자 속에
쓸모없는 물건처럼 버려진 채로 혼자 있게 두고 싶지는 않았다.

이런저런 궁리를 한 끝에 그는 연필들로
그가 좋아하는 안데스 전통 음악을 위한
조각 시리즈를 그려보기로 마음먹었다.

그 시리즈 중 첫 번째가
바로 연필 일곱 자루로 만든 팬플루트였다.

작품은 아주 멋지게 나왔다.
이제 그는 전통 일러스트레이터로서의 긴 여정을
품위 있게 마칠 수 있게 되었다.

그리고 누가 알겠는가,
조각가로서 새로운 삶을 열게 될지.

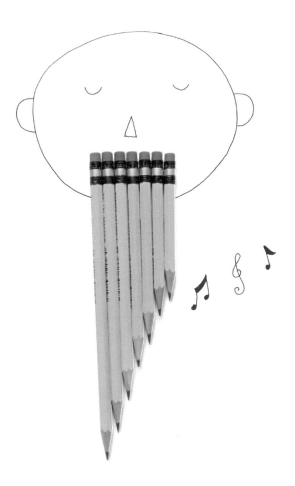

이번도 마리에테는 집짓기 수업을 낙제했다.
친구들이 집을 완성하고 문패를 달 때,
그녀는 고작 주춧돌을 세웠을 뿐이었다.
땅을 다질 때도,
수평을 맞출 때도,
기둥을 세울 때도,
지붕을 올릴 때도
그녀는 언제나 각도기와 자를 들었다.
조금이라도 오차가 생기면 허물고 짓기를 반복했다.
그녀의 집은 늘 제출 시간을 훌쩍 넘겨 완성되었다.

친구들과 선생님, 심지어 부모님까지
그녀의 태도를 못마땅해 했다.
그녀는 학교와 집을 박차고 나와
홀로 수없이 집을 지었다.

수십 년이 흘러
그녀의 끈질긴 노력은 열매를 맺었다.
마침내 그녀는 모든 초원에서
가장 높은 계약을 따내는
인정받는 건축가가 되었다.
이제 그녀의 허가 사인이 없이는
개미집과 새집을 비롯해 어떤 집도 지을 수 없다.

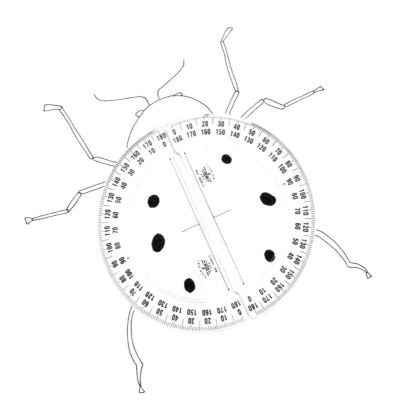

숲 수호자들의
공식 방패

우리 폐에 있는 공기를
모두 전기 에너지로 바꾼다면
정말 멋질 거야.

숨을 쉬면 차가 움직이고,
휘파람을 불면 달걀 프라이를 할 수 있고,
숨을 마시기만 해도 메일이 보내지는 거야.
풍선을 불어 작은 전구 하나가 방 전체를
밝게 비출 수 있다면 근사할 거야.
더 환한 불이 필요할 땐 어떻게 하느냐고?
간단해.
볼에 바람을 가득 채운 다음
훅~하고 풍선을 좀 더 크게 불면 되지!

그는 한밤중에 잠에서 깼다.

등 쪽이 불편했기 때문이다.

뒤척일 때마다 해먹이 조금씩 바스러졌다.

마른 잎은 왼쪽 어깨뼈와 척추 사이를

쿡쿡 찌르기도 했다.

얼마나 불편한지, 도무지 잠을 이룰 수 없었다.

더 최악은 봄이 될 때까지는

그의 무게를 지탱해 줄 만한

초록빛 신선한 잎을 찾을 수 없다는 사실이다.

그는 그 문제와 씨름하다

뜬눈으로 밤을 새웠다.

하지만 결국 답을 찾아냈다.

숲에 이슬이 걷히면
새로운 해먹을 만들 만한
바나나 잎을 찾아볼 것이다.

냄새는 좀 나겠지만,
밤에도 절대 부서지지 않을 테니까.

그는 거친 숨을 내쉬며 물 위로 올라왔다.

침몰한 큰 화물선 안에서

보물을 찾아낼 수 있다고 자신만만해 하며

다시 물속으로 들어갔다.

무엇보다도 그는
자신의 비밀 병기를 믿었다.

덕분에 그 어느 때 보다도 오랜 시간을

물 아래에서 버틸 수 있었다.

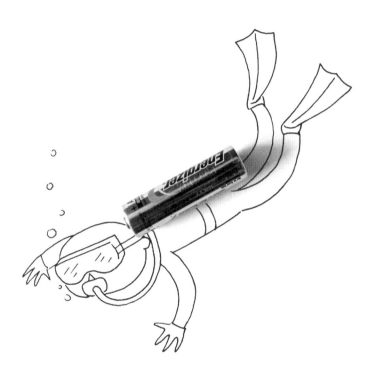

그는 미리 여행 준비하는 것을 좋아했다.
다음 여행지는 뉴욕이었다.

그는 햄버거를 너무 좋아해서
빅 애플*의 최고 햄버거 가게들을 수록한
특별 가이드 북 제작을 제안했다.

지도 위에 **검은색**으로는 할렘가에 있는
모든 햄버거 가게들을 표시할 것이다.

그리고 차이나타운과 리틀 이탈리아* 지역은 노란색으로,
빨간색은 미트패킹 디스트릭*의 유명한 곳과
유제품 파는 곳들을 표시할 것이다.

그리고 초록색으로는 특별히
채식주의자들을 위한 장소를 표시할 것이다.

이 가이드 북은 그의 여자 친구가 직접 제작했는데,
참고로 그녀는 엄격한 채식주의자*였다.

---

* 빅 애플(Big Apple) : 뉴욕의 별칭.
* 리틀 이탈리아(Little Italy) : 맨해튼 남쪽, 차이나타운 옆에 있는 지역으로
  이탈리아 이민자들이 모여들어 형성되었다.
* 미트패킹 디스트릭(Meatpacking District) : 정육 지구.
* 엄격한 채식주의자 : 고기는 물론 달걀, 우유 등 유제품도 먹지 않는 사람.

두 발을
매듭지어서 만든
양털 목도리.

엄마가 보시면
기뻐하시려나
화내시려나.

봉투 안에 서류들을 꺼내서
재빨리 첫 번째 서류를 읽었다.
기대는 순식간에 실망으로 변했고,
그 실망은 점차 분노로 변했다.
읽고 보니 협정서가 아니었다.

바로 전쟁 선언문이었다.

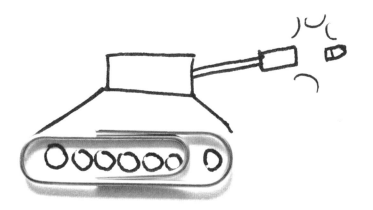

담대함과 용기
그리고
필요하다면 약간의 꼼수.

아내의 살기 어린 눈빛에

베이지 않고 살아남으려면

둘 중 하나를 선택해야만 한다.

나는 오래된 것과 맞서기로 단단히 결심했다.

그것은 토요일 아침에

내가 감행한 대담한 행동이었다.

오래된 가구 해체 작업이

계속 미뤄지고 있던 터였다.

나는 오후쯤 되어서 펜치를 쥐고

기세등등하게

의자 일곱 개와 탁자 두 개,

더러운 옷장을 컨테이너에서

끄집어냈다.

가구를 꺼내고 나니
어느새 날이 저물었다.
나는 친구들과 밖으로 나갔다.
그리곤 나는 술을 몇 잔 걸쳤다.
아침 해가 떠오르자
어제 아침의 결심도 떠올랐다.
다시 그 일을 훌륭히 마치고 싶다는 열망에 휩싸여
집으로 돌아왔다.
그런데 돌아와서 깜짝 놀랐다.

놀랍게도
모든 것이
배로
늘어나 있었다!

커다란 운석이 땅에 떨어지기 몇 분 전,
알프레드는 특수 집게들로 서류를 집어 내렸다.
그는 문화부 내에서 쥐라기 시대에 대해
가장 잘 아는 전문가 중 한 명이었다.
그 날 그는 아직 디지털화하지 않은
고대 문서를 살펴보고 있었다.
매우 주의해서 취급해야 하는 귀중한 문서였다.
그래서 알프레드는 그 문서를 손으로는 집고 싶지 않았다.

'우르릉 쾅'
폭발과 함께 모든 것이 사라졌다.

폭발로 공룡들이 절멸되고
고문서와 청사, 컴퓨터, 집게들 그리고
발전된 사회의 모든 흔적이 파괴되었다.

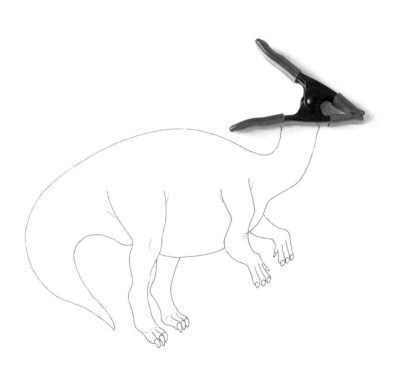

* 카이만(caiman) : 보통 악어보다 약간 작은 아메리카 악어.
* 산토도밍고(Santo Domingo) : 에콰도르의 주요 도시 중 하나로 다양하고 특별한 동식물을 볼 수 있는 지역이 있다.
* 다이끼리(daiquiri) : 레몬즙, 럼주, 설탕을 섞어 만든 칵테일로 헤밍웨이가 즐겨 마신 술이다.

펠리컨, 홍학 등 온갖 이국적인 새들과
카이만*, 피라니아가 가득한 산토도밍고* 늪지에
용기 있게 들어갈 수 있는
가장 좋은 방법은

호텔 바에서 나를 기다리고 있을
다이끼리* 한 잔을 생각하는 것이다.

가끔은,
상상

초판 1쇄 발행 | 2016년 5월 30일

지은이 | 하비에르 페레스
옮긴이 | 김유경
펴낸이 | 이원범
기획 · 편집 | 김은숙
마케팅 | 안오영
표지 · 본문 디자인 | 강선욱

펴낸곳 | 어바웃어북 about a book
출판등록 | 2010년 12월 24일 제2010-000377호
주소 | 서울시 마포구 서교동 394-25 동양한강트레벨 1507호
전화 | (편집팀) 070-4232-6071 (영업팀) 070-4233-6070
팩스 | 02-335-6078

ⓒ 하비에르 페레스, 2016

ISBN | 979-11-87150-08-4   03870

가끔은, 상!상

Unwritten Book

어바웃어북

이 책을 당신의 상상으로 채워보세요.

하비에르 씨는 쿠키를 먹다가 이런 상상을 했다고 해요.
가끔은, 이 책에 당신의 상상을 그려보실래요?

하지만 그의 작은 별에서라면
의자를 몇 발짝 뒤로 물러 놓기만 하면 된다.
그래서 언제든 보고 싶을 때면 황혼을 바라볼 수 있다.

"어떤 날은 마흔세 번이나 해가 지는 걸 보았어."
그리고는 잠시 후에 말을 이었다.
"마음이 슬플 때는 지는 해의 모습이 정말 좋아······."

"그럼 마흔세 번이나 본 날은 아주 슬펐구나?"
그러나 어린왕자는 아무 대답도 하지 않았다.

_ 『어린왕자』 중에서

Illusted by _____

Illusted by _____

Illusted by _____

Illusted by _____

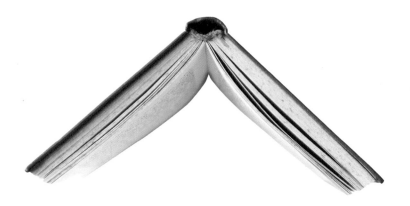

Illusted by _____

Illusted by _____

Illusted by _____

Illusted by _____

Illusted by _____

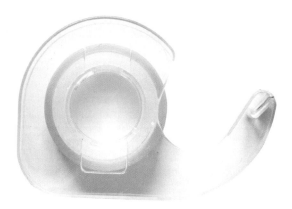

Illusted by _____

Illusted by _____

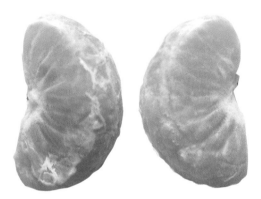

Illusted by _____

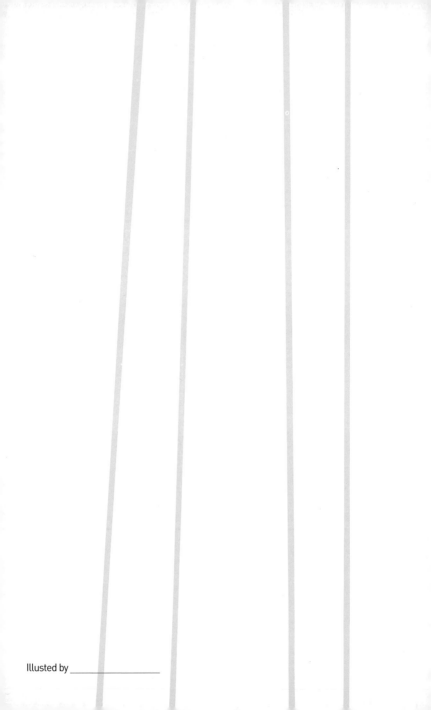

Illusted by _____

Illusted by _____

Illusted by _____

Illusted by _____

Illusted by _____

Illusted by _____

Illusted by _____

Illusted by _____.

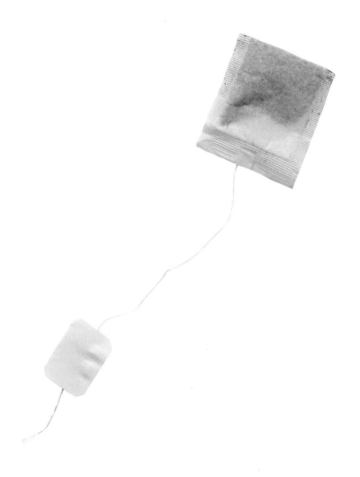

Illusted by _____

Illusted by _____

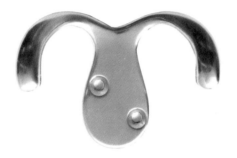

Illusted by _____

Illusted by _____

Illusted by _____

Illusted by _____

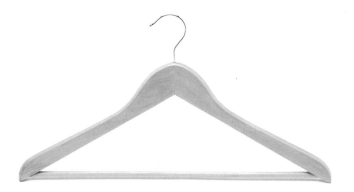

Illusted by _____

Illusted by _____

Illusted by _____

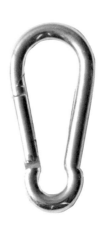

Illusted by _____

Illusted by _____

Illusted by _____

Illusted by _____

Illusted by _____

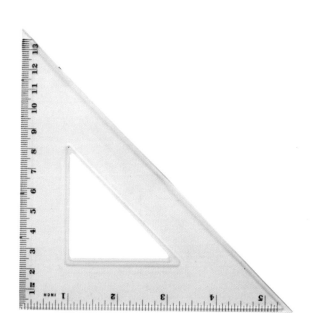

Illusted by _____

Illusted by _____

Illusted by _____

Illusted by _____

Illusted by _____

Illusted by _____

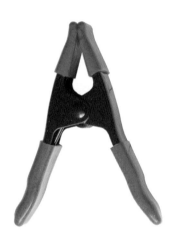

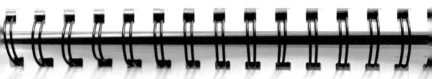

Illusted by _____

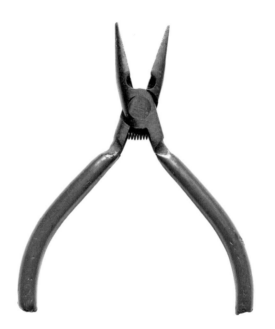

Illusted by _____

Illusted by _____

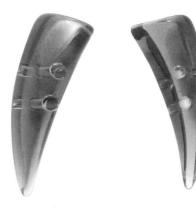

Illusted by _____

ⓒ 어바웃어북